Succession de feu M. le Cte DE FAUCIGNY

CATALOGUE

DE

TABLEAUX & AQUARELLES
Par DECAMPS

ET

AUTRES ARTISTES MODERNES

TABLEAUX ANCIENS

DES ÉCOLES

FRANÇAISE, FLAMANDE & ITALIENNE

MINIATURES

Gouaches et Dessins

OBJETS D'ART & DE CURIOSITÉ

Tabatières ornées de Miniatures ; 40 pièces en ancien Wedgwood ;
Porcelaines de Sèvres et du Japon ; Bronzes et Cuivres repoussés ;
Argenterie ancienne, Bijoux anciens & modernes ornés de Pierres ;

DONT LA VENTE AURA LIEU

HOTEL DROUOT, SALLE N° 6

Les Jeudi 11, Vendredi 12 & Samedi 13 Avril 1867

À DEUX HEURES PRÉCISES

Me **DELBERGUE-CORMONT**, Commissaire-Priseur,
rue de Provence, 8,
Assisté de M. **DHIOS**, Expert, rue Le Peletier, 33,
Chez lesquels se distribue le Catalogue.

EXPOSITION PUBLIQUE

Le Mercredi 10 Avril 1867, de une heure à cinq heures.

PARIS — 1867

EXEMPLAIRE DE DHIOS

RENOU & MAULDE

IMPRIMEURS DE LA COMPAGNIE DES COMMISSAIRES-PRISEURS

Rue de Rivoli, 144.

Succession de feu M. le Cte DE FAUCIGNY

CATALOGUE

DE

TABLEAUX & AQUARELLES

Par DECAMPS

ET

AUTRES ARTISTES MODERNES

TABLEAUX ANCIENS

DES ÉCOLES

FRANÇAISE, FLAMANDE & ITALIENNE

MINIATURES

Gouaches et Dessins

OBJETS D'ART & DE CURIOSITÉ

Tabatières ornées de Miniatures ; 40 pièces en ancien Wedgwood ;
Porcelaines de Sèvres et du Japon ; Bronzes et Cuivres repoussés ;
Argenterie ancienne, Bijoux anciens & modernes ornés de Pierres ;

DONT LA VENTE AURA LIEU

HOTEL DROUOT, SALLE N° 6

Les Jeudi 11, Vendredi 12 & Samedi 13 Avril 1867

A DEUX HEURES PRÉCISES

Me **DELBERGUE-CORMONT**, Commissaire-Priseur,
rue de Provence, 8,
Assisté de M. **DHIOS**, Expert, rue Le Peletier, 33,
Chez lesquels se distribue le Catalogue.

EXPOSITION PUBLIQUE

Le Mercredi 10 Avril 1867, de une heure à cinq heures.

PARIS — 1867

CONDITIONS DE LA VENTE

Elle sera faite au comptant.

Les Acquéreurs paieront CINQ pour CENT en sus du prix d'adjudication.

DÉSIGNATION

DES

TABLEAUX & AQUARELLES

PAR DECAMPS

TABLEAUX

1³⁰⁰ 1 — Femme arabe allant à la fontaine.
> Toile. — H. 34 c. L. 42 c.

2000.

1400 2 — Vieille Femme près du berceau d'un enfant.
> Toile. — H. 26 c. L. 21 c.

800.

240 3 — Trois Chiens bassets. (Esquisse.)
> Bois. — H. 14 c. L. 19 c.

100.

215 4 — Chasseur à l'entrée d'un bois.
> Toile. — H. 31 c. L. 43 c.

200

300 5 — Clairière d'un bois.
> Toile. — H. 31 c. L. 43 c.

200

6 — Chasseur suivi de deux chiens.

Toile. — H. 34 c. L. 48 c.

7 — Vue d'une ville au bord d'un lac.

Toile. — H. 34 c. L. 48 c.

8 — Paysage avec moulin. (Esquisse.

Toile. — H. 70 c. L. 90 c.

AQUARELLES

PAR DECAMPS

9 — Les Chiens savants. (Aquarelle.)

H. 17 c. L. 26 c.

10 — Le Moulin à eau. (Aquarelle.)

H. 20 c. L. 30 c.

11 — Femme avec ses deux enfants. (Aquarelle.)

H. 30 c. L. 23 c.

12 — Paysage avec laveuses, et bestiaux traversant un pont. (Sépia.)

H. 23 c. L. 30 c.

13 — Étude d'Homme avec un chien. (Dessin au fusain.)

H. 22 c. L. 30 c.

— 5 —

14 — Paysage : Soleil couchant. (Aquarelle.)

H. 13 c. L. 25 c.

15 — Vue d'un lac entouré de hautes montagnes. (Aquarelle.)

H. 16 c. L. 25 c.

16 — La Sentinelle : Effet de nuit. (Sépia.)

H. 14 c. L. 19 c.

17 — Mendiant monté sur un âne. (Sépia.)

H. 17 c. L. 23 c.

18 — Paysage avec moulin. (Sépia.)

H. 18 c. L. 37 c.

19 — Paysage avec chaumière. (Sépia.)

H. 18 c. L. 35 c.

20 — Paysage avec grands arbres et chevreuils au bord d'un étang. (Sépia.)

H. 16 c. L. 30 c.

21 — Paysage avec chaumière en ruine. (Sépia.)

H. 16 c. L. 24 c.

22 — Quatre Études. (Aquarelle et dessins.)

TABLEAUX MODERNES

PAR DIVERS ARTISTES

BONNINGTON

23 — Marine. (Esquisse.)

COLIN

24 — Scène napolitaine.

COIGNARD (L.)

25 — Vaches au pâturage.

DECAISNE

26 — Esquisse de figures.

DIAZ (N.)

27 — Paysage et figures. (Etude à l'huile.)

JACQUES (Ch.)

28 — Cour d'auberge.

MARNY

29 — Vue de ville.

SCHENETZ

30 — Tête de Catalane.

VERDIER (J.)

31 — Bords de la mer.

AQUARELLES MODERNES

BONNINGTON (Attribué

32 — La Marée basse. (Aquarelle.)

BOYS, 1827

33 — Vue de Durham. (Aquarelle.)

CHARLET

34 — Figure arabe. (Aquarelle.)

35 — Le Garde champêtre. (Aquarelle.)

COPLEY FIELDING. 1819

36 — Paysage. (Aquarelle.)

FRANCIA

37 — Environs de Saint-Omer. (Aquarelle.)

38 — L'Eglise d'Eperlesqui, environs de Saint-Omer. (Sépia.)

HILDEBRANDT

39 — Les petits Pêcheurs. (Aquarelle.)

JOHANNOT (ALFRED)

40 — Arabe. (Aquarelle.)

MEISSONNIER (Signé)

41 — Portrait d'Homme. (Aquarelle.)

ROQUEPLAN (CAMILLE)

42 — Berger des Pyrénées. (Sépia.)

ÉCOLE ANGLAISE MODERNE

43 — Vue de Paris. (Aquarelle.)

44 — Vue de Lauzanne (Suisse). (Aquarelle.)

45 — Vingt-sept Aquarelles et Dessins sous verre.
Seront divisés.

46 — Environ cent cinquante Aquarelles et Croquis de
l'école moderne, contenus dans plusieurs cartons,
seront vendus par lots.

TABLEAUX ANCIENS

CLAUDE LORRAIN (Genre de)

47 — Petit Paysage avec ruines.

CLOUET (Genre de)

48 — Portrait de jeune Femme en riche costume du XVIe siècle.

CUYP (École d'ALBERT)

49 — Halte de voyageurs près d'une tente au milieu de la campagne.

DIEPENBEK

50 — Sainte Famille.

EISEN

51 — Groupe d'enfants.

FRAGONARD (École de

52 — Bergère surprise par l'orage.

GÉRICAULT (Attribué à)

53 — Valet conduisant deux chevaux.

GOVAERT FLINCK

54 — Portrait d'un jeune Homme coiffé d'une toque.

GREUZE

55 — Portrait de Grimm; toile ovale.

GREUZE (D'après)

56 — Buste de jeune Fille en prière.

57 — Buste de jeune Fille.

58 — Buste de jeune Garçon.

59 — Jeune Fille. (Ovale.)

GUIDO RENI (École de)

60 — La Madeleine, dans un magnifique cadre sculpté à jour.

GUIDO RENI (Ancienne copie de)

61 — David tenant la tête de Goliath.

HEMSKERCK

62 — Musicien.

63 — Concert bachique.

HOLBEIN (Attribué

64 — Portrait d'Homme.

65 — Portrait d'Erasme, peint sur bois.

66 — Portrait d'Homme tenant un livre.

LANTARA

67 — Clair de lune.

CHARDIN

68 — Le petit Dessinateur.

LEPRINCE (J.-B.)

69 — Scène d'intérieur russe. (Deux pendants.)

MALLET (Genre de)

70 — La Réprimande.

MICHEL

71 — Cinquante-deux Etudes de paysage sur toile, sur papier et sur bois.

Seront divisées.

NETSCHER (G.)

72 — Portrait à mi-corps d'un personnage du temps de Louis XIV.

PORBUS (École de)

73 — Portrait d'Henri IV, enfant, représenté debout grandeur naturelle.

74 — Petit Portrait très-fin représentant une jeune fille en costume du XVIᵉ siècle.

PRUD'HON (D'après)

75 — Vénus sur son char.

RAPHAEL (D'après)

76 — Vierge au donataire.

77 — Vierge à la chaise.

REMBRANDT (Attribué à)

78 — Paysage.

79 — La Femme adultère.

RESTOUT

80 — Souveraine tenant une coupe dans laquelle elle plonge une perle empoisonnée.

RUBENS (École de)

81 — Le Christ en croix.

SASSO-FERRATO (D'après

82 — La Vierge en prière.

SAUVAGE

83 — Bacchanale d'enfants. (Grisaille.)

SENAVE

84 — Vue de la Place du Châtelet.

SOLARIO (Ancienne copie de)

85 — La Vierge au coussin vert.

TENIERS (DAVID)

86 — Trois Fumeurs.

87 — Jeune Femme à sa toilette.

WATTEAU (D'après)

88 — Danse dans un parc.

ÉCOLE ALLEMANDE

89 — Portrait d'Homme, avec large collerette, tenant d'une main une fleur, et de l'autre une arme.
Tableau très-fin peint dans la manière d'Holbein.

90 — La Vierge et l'Enfant Jésus, avec deux saints à l'entrée d'un palais, peinture en grisaille.

91 — Sainte Famille entourée des donataires.

92 — Ecce Homo.

93 — La Vierge et l'Enfant Jésus.

94 — La Mise au tombeau. Style de Luca de Leyde.

95 — Buste de Femme.

ÉCOLE ESPAGNOLE

96 — La Vierge et l'Enfant Jésus.

ÉCOLE FLAMANDE

97 — Cérémonie religieuse.

98 — Une Ménagère.

ÉCOLE FRANÇAISE

99 — Portrait de l'abbesse de Chelles.

100 — Portrait du comte de Provence.

101 — Portrait au pastel, Louis XVI, jeune.

ÉCOLE FRANÇAISE

102 — La Vierge, Jésus et saint Jean.

103 — Portrait de Mme de Grignan.

104 — Bouquet de fleurs dans une carafe.

105 — Paysage : Effet du soir.

106 — Portrait d'Homme, costume du temps d'Henri IV.

107 — Seize Toiles roulées, peintes à l'huile : Etudes. Fleurs et Sujets.

ÉCOLE ITALIENNE

108 — La Vierge et Jésus.

109 — Jésus recevant sa croix.

110 — Le Christ sur la croix.

111 — Le Christ portant sa croix.

112 — Fuite en Egypte.

113 — La Vierge et l'Enfant Jésus.

114 — Buste d'un Saint entouré d'une guirlande de fleurs.

115 — Départ de Joseph et de ses frères.

116 — Apparition de la Vierge à un Saint.

117 — La Vierge et l'Enfant Jésus.

ÉCOLE ITALIENNE

118 — La Vierge et Jésus.   20

119 — Le Sommeil de l'Enfant Jésus.   15

120 — La Vierge à l'œillet.   11

121 — La Vierge et l'Enfant Jésus au milieu d'un paysage.   12

122 — La Vierge aux miracles.   15

123 — Le Christ servi par les anges.   25

124 — Prédication de saint Jean.   10

125 — Petit Portrait d'Homme, de forme ronde.   25

126 — Grande Miniature encadrée, représentant le sommeil de saint François.   25

127 — La Vierge en prière. (Miniature ovale encadrée.)   25

128 — Apollon sur son char. (Gouache encadrée.)   15

DESSINS ANCIENS

BOETTIERS (Signé)

129 — Bacchantes et Satyres. (Dessin encadré.)

BOISSIEU (J.-J.)

130 — Etude de figures. (Croquis à la plume.)

BOUCHER

131 — Vénus et l'Amour. (Dessin à la sanguine.)

CARESME, 1780

132 — Bacchanales, Nymphes et Satyres. (Dessin colorié.)

CLOUET (École de)

133 — Cinq Portraits d'Hommes. (Dessins coloriés.)
Seront divisés.

FRAGONARD (Honoré)

134 — Figures et Animaux. (Sépia.)

135 — Paysage. (Aquarelle.)

GREUZE

136 — Enfant courant après un papillon. (Dessin à l'encre de Chine.) Et Tête d'étude à la sanguine.
(Deux dessins.)

HUET

137 — Jeune Fille tenant une flèche. (Crayon et sanguine.)

138 — L'Oiseau apprivoisé. (Sépia.)

HUBERT-ROBERT

139 — Architecture et Figures. (Deux dessins.)

LALLEMAND

140 — Architecture et Figures. (Deux dessins à l'aquarelle.)

LÉPICIÉ

141 — Tête d'étude.

PRUDHOMME, 1798

142 — Intérieur villageois. (Dessin colorié.)

RUBENS

143 — Étude de figures. (Deux dessins.)

SCHALL

144 — Les Regrets inutiles. (Sépia.)

SWEBACH

145 — Paysages et Cavaliers. (Quatre dessins.)

VERDIER

146 — Scène historique. (Dessin rehaussé de blanc.)

VÉRONÈSE

147 — Études de figures pour un grand tableau. (Plume et bistre.)

WATTEAU

148 — Tête de Femme. (Crayon et sanguine.)

WILLE

149 — Le Concert au village. (Dessin à l'encre de Chine.)

ÉCOLE FRANÇAISE

150 — Vénus sur les eaux. (Dessin mêlé d'aquarelle.)

151 — Plusieurs Cartons contenant environ 500 dessins anciens des diverses Écoles, qui seront vendus par lots.

152 — Environ quatre cents pièces, Gravures Eaux-fortes et Lithographies contenues dans plusieurs cartons seront vendues par lots.

TABATIÈRES, MINIATURES, GOUACHES

153 — Une Tabatière écaille, avec incrustations d'argent.

154 — Une Tabatière émaillée, monture en cuivre ciselé; sujet à figures en nacre incrusté.

155 — Une petite Boîte en nacre sculpté, monture en argent. Travail chinois.

156 — Deux Tabatières agate et racine de bois, monture en argent.

157 — Dix Tabatières de forme variées en argent ciselé et gravé, des époques Louis XV et Louis XVI.

Seront divisées.

158 — Treize Tabatières de forme ronde en écaille et vernis Martin, ornées de miniatures, mosaïques et fixés, portraits et sujets variés.

Seront divisées.

159 — Vingt-cinq Boîtes et Tabatières de formes variées, en écaille, vernis Martin et corne.

160 — Quatre-vingt-neuf Miniatures sur vélin, sur ivoire et sur papier, parmi lesquelles figurent en grand nombre des portraits du temps de Louis XV et de Louis XVI.

Seront divisées.

161 — Douze Gouaches et Miniatures d'anciens Missels, et autres.

    Seront divisées.

162 — Vingt-cinq Peintures à l'huile sur cuivre, portraits et sujets religieux.

    Seront divisées.

163 — Le Christ en croix; petite plaque en émail de couleur, à paillons.

164 — Quatorze petits Émaux de Saxe et autres.

165 — Douze Peintures fixées sous verre.

166 — Environ cinquante tableaux, pastels, gravures encadrées, seront vendues par lots.

167 — Trente-deux Cadres sculptés dorés et en ébène.

    Seront divisés.

ARGENTERIE, BIJOUX, PIERRES GRAVÉES

168 — Deux Flambeaux en argent ciselé repoussé et doré, ornés de figures de cariatides, de têtes mascarons et de petites colonnes en cristal de roche.

Travail dans le style du xvie siècle.

169 — Grand Gobelet allemand en argent ciselé et doré, avec inscription allemande. Travail de la fin du xvie siècle.

170 — Un petit Bénitier du temps de Louis XIII, en argent ciselé et doré, orné de boules en cristal de roche, et de médaillons en miniatures, encadrement à jour en argent doré.

171 — Le Couronnement de la Vierge; bas-relief en argent ciselé et doré, avec encadrement également en argent, orné de pierreries.

172 — Trois Salières et un Moutardier en argent, époque de Louis XVI.

173 — Un petit Nécessaire en argent repoussé, époque de Louis XV.

174 — Deux petits Bas-reliefs et un baiser de paix en argent repoussé.

175 — Une Broche en or ornée d'une miniature : portrait de Femme en costume Louis XV.

176 — Une Broche en or ornée d'une améthiste entourée de perles.

177 — Une Broche ornée d'une miniature représentant la Vierge à la chaise. Monture en or, entourage en demi-perles.

178 — Une Broche en or émaillé ornée d'une tête de femme sculpté en améthiste.

179 — Deux Boucles d'oreilles et une Épingle rubis et roses. Monture ancienne.

180 — Une Montre en or émaillé d'armoiries, avec chaîne de gilet, cachet et breloques; le tout émaillé bleu.

181 — Petite Montre de femme, en or.

182 — Vingt-quatre Bagues et Anneaux, en or et en argent; plusieurs sont ornés de pierres de couleurs et d'intailles.

Seront divisés.

183 — Onze Épingles pour cravates, en or; pour la plus grande partie ornées de pierres de couleur.

Seront divisés.

184 — Deux Agrafes et une Broche émaillé bleu.

185 — Un Flacon en cristal, monture en or émaillé.

186 — Cinq Bracelets en cheveux montés en or et un Bracelet en argent doré orné de plaques en aventurines.

187 — Une Chaîne de col en or.

188 — Deux petites Chaînes de col, jaseron en or et cheveux.

189 — Trois Broches, une ornée d'une miniature, une autre d'un camée coquille, et une autre d'une plaque en lapis.

190 — Une paire de Boucles d'oreilles en pierres de couleurs et une paire de Boutons de manchettes en argent doré émaillé.

191 — Une petite Croix-reliquaire en filigrane d'argent ornée de pierres de couleur.

192 — Neuf pièces : Cassolettes et un Étui. Le tout en or et argent.

193 — Un lot de Bijoux et Boutons en acier et marcassite.

Sera divisé.

194 — Un lot de débris, or, argent et cuivre.

195 — Plusieurs lots de pierres de couleurs : perles, grenats, turquoises, camées, intailles, etc.

OBJETS D'ART & CURIOSITÉS DIVERSES

196 — Trente-six pièces en wegwood : Vases, Flambeaux, Cachepots, Tasses à café, Théière, Veilleuse, Encrier, Bougeoir et Médaillons ; le tout fond bleu d'empois décoré de figures et d'ornements en relief.

Sera divisé.

197 — Plusieurs lots de petites Plaques et Boutons en wegwood.

198 — Deux Vases de forme ovoïde, à couvercle, biscuit de Sèvres.

199 — Deux Baigneuses en biscuit de Sèvres, d'après Falconnet.

200 — Onze pièces en porcelaine de Sèvres, pâte tendre : Tasses, Soucoupes et Pot à crème.

201 — Deux Groupes et une figurine en porcelaine de Saxe.

202 — Quatorze petits Vases et Potiches en porcelaine de Chine et du Japon.

Seront divisés.

203 — Quarante pièces : Tasses, Soucoupes, Figurines, Assiettes, Théières en porcelaine de Chine, du Japon, etc.

204 — Un Christ en bronze, dans un cadre finement sculpté du temps de Louis XVI.

205 — Dix-sept Bas-reliefs en bronze ciselé et repoussé, de diverses époques.

Seront divisés.

206 — Vingt-sept pièces de bronzes italiens et autres : Statuettes, Presse-papier, Christ, Appliques, Mortier. Pommeaux de canne.

Seront divisés.

207 — Christ en ébène sculpté, sur sa croix également sculpté avec fleur de lis.

208 — Un Bénitier en bois sculpté, orné de figures de chérubins. Travail italien.

— Deux Appliques en bois doré.

209 — Deux pièces en bois sculpté : Bas-relief représentant la Descente de croix; une Statuette de la Vierge tenant l'Enfant Jésus dans ses bras.

210 — Dix-sept pièces en ivoire sculpté : Statuettes, Bas-reliefs, Tabatières.

Sera divisé.

211 — Deux Bas-reliefs : scène flamande en terre cuite, et peinte.

212 — Deux Bas-reliefs en fer et cuir repoussé, représentant une Sainte Famille et la Mise au Tombeau.

213 — Lot de Cadres à miniatures en palissandre, bois sculpté et bronze. Trente-cinq pièces.

214 — Curiosités diverses et Objets omis au présent Catalogue.

Renou et Maulde, imprimeurs de la Compagnie des Commissaires-Priseurs, rue de Rivoli, 144. 2375

[illegible]
[illegible] — [illegible]

M. [illegible] — [illegible]

M. C. [illegible] — [illegible]

[illegible]
[illegible]

[illegible]

No [illegible] 678 [illegible] ———— 100 f
185 [illegible] — 185 f

[illegible] 95 f
[illegible] — 40 f
[illegible] — 60 f
[illegible]
[illegible]
[illegible] — 85 f

n.° 60, 66, 57, 76, 77, 86, 106, 116,
76, 102, 128, 114, 117, 115, 117,
170, 171, 207, 57, 59

[...]

n.° 60 [...] — 60